趣味學古文

先秦諸子篇

馬星原 圖　方舒眉 文

商務印書館

趣味學古文（先秦諸子篇）

作　　者：馬星原　方舒眉
責任編輯：鄒淑樺
封面設計：涂　慧
出　　版：商務印書館（香港）有限公司
香港筲箕灣耀興道 3 號東匯廣場 8 樓
http://www.commercialpress.com.hk
發　　行：香港聯合書刊物流有限公司
香港新界荃灣德士古道 220-248 號荃灣工業中心 16 樓
印　　刷：中華商務彩色印刷有限公司
香港新界大埔汀麗路 36 號中華商務印刷大廈 14 字樓
版　　次：2023 年 9 月第 1 版第 3 次印刷

ISBN 978 962 07 4542 3
Printed in Hong Kong

目錄

序言

諸子百家之言，其智哲之理，積蓄博大精深，就中孔孟老莊墨子，更為出類拔萃。方舒眉、馬星原伉儷編著《趣味學古文（先秦諸子篇）》一書，對先秦七子之言行哲理，處事待人接物之道，不務宏深精闢之闡述，唯求簡要淺明之推介，費心思於以平白如話文詞，淺出深奧道理，配以會心有趣動人之漫畫插圖，以期吸引年輕人，不作手機之奴隸，而能在手執此書閱讀後，心領神會中國先哲言行不凡之睿智，再從而有進一步「心嚮往之」之追求，期達推廣中國先哲文化之目的，實為一具正面能量之書籍。

志行可嘉，用心至善，蕪言為序，以彰其德，以示推介。

葉玉樹　草於蝸居

二零一六年四月

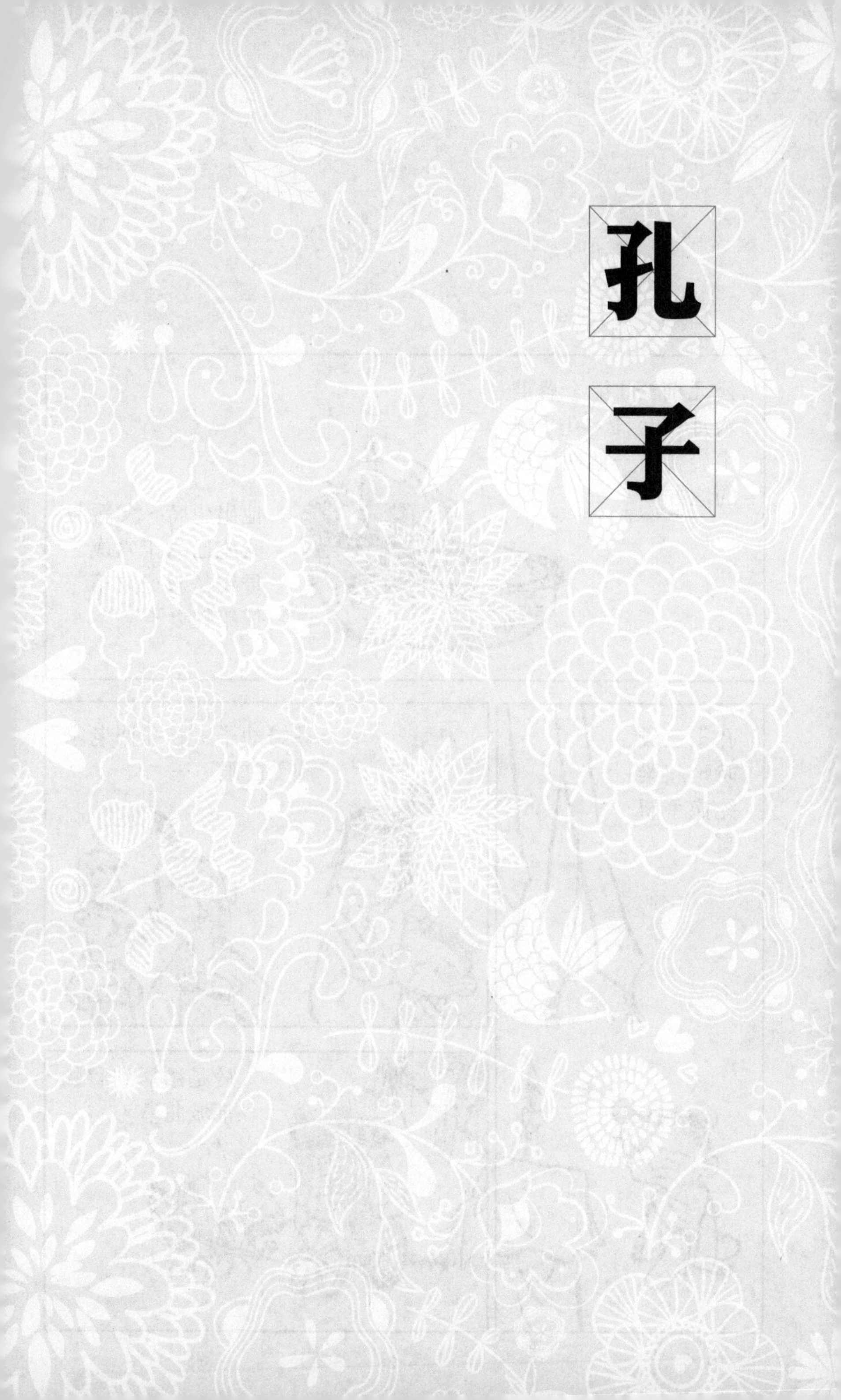

孔子

公元前551年，農曆八月廿七日。孔子誕生於魯國一個叫陬邑的地方。
他出生時，父親叔梁紇已六十六歲，母親是叔梁紇第三任年輕妻子。

孔子三歲時，叔梁紇撒手塵寰。
寡婦幼子，在孔門老家飽受白眼……
於是遷居到魯國都城曲阜。

〈季氏饗士〉

孔子要絰，季氏饗士，孔子與往。陽虎絀曰：「季氏饗士，非敢饗子也。」孔子由是退。

——《史記・孔子世家第十七》

孔子十七歲時，母親因抑鬱和辛勞成疾離開人世。
孔子並沒有自暴自棄，更加勤奮讀書。

有一天，魯國大夫季武子招待文士，孔子高興地參加。
不料季武子的家臣陽虎攔住了他。

我家主人招待的，是有身份的文士，並非招待你這種普通人啊！
人情冷暖，世態炎涼，孔子未有為此氣餒。

君不君，臣不臣，父不父，子不子，雖有粟，吾得而食諸？」
——《論語・顏淵第十二》

説的對極了！君主要盡君主義務，臣子要盡臣子責任，父親和兒子做好本分。

〈齊景公問政於孔子〉

齊景公問政於孔子，
孔子對曰：「君君，臣
臣，父父，子子。」
公曰：「善哉！信如

孔子五十一歲時終於踏上仕途，官至大司寇，在他治理下的魯國頗有起色。

可惜魯定公沉迷酒色荒廢政事，並日漸疏遠孔子，使他非常無奈。

孔子於是棄官離開故鄉，率眾弟子周遊列國。時年五十五歲。

死。」鬬甚疾。蒲人懼，謂孔子曰：「苟毋適衛，吾出子。」與之盟，出孔子東門。孔子遂適衛。子貢曰：「盟可負耶？」孔子曰：「要盟也，神不聽。」

——《史記・孔子世家第十七》

孔子周遊列國期間，去的次數最多和停留時間最長的是衛國，衛國國君還賞他俸祿，但沒有給他官職施政。
有一次，孔子率弟子路過蒲邑時，正值蒲人與衛國交戰，蒲人阻止孔子往衛國。
孔子有弟子公良孺，拔劍與蒲人格鬥。
你弟子很勇武，為免傷和氣，不如立個約我就放你走。
立甚麼約？

〈過難於蒲〉

過蒲，會公叔氏以蒲畔，蒲人止孔子。弟子有公良孺者，以私車五乘從孔子。其為人長賢，有勇力，謂曰：「吾昔從夫子遇難於匡，今又遇難於此，命也已。吾與夫子再罹難，寧鬭而

如果你答應不去衛國，我就放你們走。
這個……好吧！一言為定！

孔子一離開險地，立馬向衛國飛奔而去。一眾弟子皆愕然。
衛國
老師，你平時教導我們，要言而有信，為何你又……
呵呵，被要挾簽下的盟約，神也不承認的！
被迫簽下的條約，可以不理會。由此可見，孔子可不是個一板一眼的傻瓜。

〈陳蔡絕糧〉

孔子不得行，絕糧七日，外無所通，黎羹不充，從者皆病。孔子愈慷慨講誦，絃歌不衰……子路慍，作色而對曰：「君子無所困。意者夫子未仁與？人之弗吾信也；意者夫子未智與？人之弗吾行也。且由也，昔者聞諸夫子：『為善者，天報之以福；為不善者，天報之以禍。』今夫子積德懷義，行之久矣，奚居之窮也？」

——《孔子家語・在厄第二十》

孔子

孔子周遊列國期間，有一次在陳國和蔡國的邊境被困，甚至斷糧七日，孔子依然給大家講學和誦詩唱歌。

子路很生氣。
君子也有困窘的時候嗎？
君子在困窘之時，仍能緊守節操……
小人在困窘之時，卻會不擇手段，甚麼事情都做得出來！

〈顏回偷食〉

孔子窮乎陳、蔡之間，藜羹不斟，七日不嘗粒，晝寢。顏回索米，得而爨之，幾熟。孔子望見顏回攫其甑中而食之。選間食熟，謁孔子而進食。孔子佯為不見之。孔子起曰：「今者夢見先君，食潔而後饋。」顏回對曰：「不可。嚮者煤炱入甑中，棄食不祥，回攫而飲之。」孔子歎曰：「所信者目也，而目猶不可信；所恃者心也，而心猶不足恃。弟子記之，知人固不易矣。」故知非難也，孔子之所以知人難也。

——《呂氏春秋・審分覽・任數》

終於，弟子顏回討了一些米回來煮稀飯。
孔子無意中看見顏回竟然偷吃！
他也不當面說破，待顏回來請他吃飯時才教訓他：
因有煤灰掉到鍋中，我撿起來但又不想浪費，終是放入口中……
食物是要先敬長輩的，豈可自己先吃呢？
老師誤會了！
人所相信的是眼睛，而眼睛也有靠不住的時候……要準確了解他人，真不容易啊！

從者曰：「子慟矣。」曰：「有慟乎？非夫人之為慟而誰為！」——《論語·先進第十一》

孔子的晚年是寂寞的，他倦遊歸國前一年，妻子亓官氏病故。

兩年後，唯一的兒子孔鯉也不幸辭世。

孔子寄情於學問，除教書講學之外，花了大量精力整理古籍，為後世留下大量精神遺產。

〈顏淵之死〉

顏淵死。子曰：「噫！天喪予！天喪予！」

顏淵死，子哭之慟。

老天似乎並不體恤他，孔子七十一歲時，他最鍾愛的弟子顏回溘然逝去；子路也於翌年的衛國政變中被殺。
天啊！你要滅亡我嗎？！
孔子傷心過度，不久就與世長辭，享年七十三歲。

孔子的儒家學説，於後世不單主宰中華文化，甚至對朝鮮、琉球、日本、越南及東南亞等地皆有深遠的影響。

孔子不創作？

儒家最重要的經典《論語》，記錄了孔子、時人及其弟子的言行答問，內容涉及教育、政治、文學及哲學、立身處世等方面的道理，合共二十篇，《論語》不是孔子寫的，而是由孔門後學記錄而成。

很多人認為孔子不創作，孔子也自言「述而不作」，只傳述古聖先賢之學，原因是「信而好古」。以《春秋》為例，雖是述魯國歷史，但也有孔子的哲學思想，孔子自認是「述義」，但孟子、司馬遷卻有「孔子作春秋」之句，後世也廣為沿用，故孔子是以述為作，能述能作。

孟子

人衒賣之事。孟母又曰：「此非吾所以居處子也。」復徙舍學宮之傍。其嬉遊乃設俎豆，揖讓進退。孟母曰：「真可以居吾子矣。」遂居之。

——《古列女傳・母儀・鄒孟軻母》

孟子名軻（約公元前372~前289），戰國時期的偉大思想家，儒家的主要代表之一，歷史地位僅次於孔子，尊稱為「亞聖」。

據說孟子是魯恆公的後代，其祖先另立一族為孟孫氏。魯穆公八年，齊國佔領了其祖先封地，族群遂遷徙至鄒國，於是孟子成為鄒國人。

相傳其父名激，字公宜；其母親姓氏則有仉氏與李氏之說。

〈孟母三遷〉

鄒孟軻之母也。號孟母。其舍近墓。孟子之少也，嬉遊為墓間之事，踴躍築埋。孟母曰：「此非吾所以居處子也。」乃去，舍市傍。其嬉戲為賈

孟子三歲喪父，母親獨立撫養孤雛。孟子小時候家住墓地附近，因此常與同伴玩祭祀的遊戲。

孟母見狀，便把家遷到市集附近。這次孟子學商販叫賣作樂。

孟母再度搬家，這次遷在學校附近，孟子玩耍時就模仿禮節。
終於可以安頓下來了。
孟子上學了。有一次，他逃學回家，孟母拿剪刀把正在織的布剪斷。
你荒廢學業，半途而廢……
就如剪斷了的布，最終一事無成！

弒其君者，必千乘之家；千乘之國，弒其君者，必百乘之家。萬取千焉，千取百焉，不為不多矣。苟為後義而先利，不奪不饜。未有仁而遺其親者也，未有義而後其君者也。王亦曰仁義而已矣，何必曰利？」

——《孟子‧梁惠王上》

孟子從小習儒學禮，受教於孔子之孫的門人。約三十歲的他亦授徒講學，門生約有數百人。

孟子生活戰國的年代，諸侯為了利益互相討伐，孟子欲效法孔子，周遊列國遊說國君，希望救民於水火。

孟子見梁惠王，梁惠王開口就說……
老先生，你千里迢迢來到我這裏，是有甚麼利益帶給我國家嗎？

〈孟子見梁惠王〉

孟子見梁惠王。王曰：「叟！不遠千里而來，亦將有以利吾國乎？」孟子對曰：「王！何必曰利？亦有仁義而已矣。王曰：『何以利吾國？』大夫曰：『何以利吾家？』士庶人曰：『何以利吾身？』上下交征利而國危矣。萬乘之國，

大王何必只着眼於利益？只要有仁義就好……

大王你若只顧着怎樣才對我國家有利呢……
那麼大臣就會着眼怎樣才對我家族有利……

至於一般平民百姓就會說，怎麼才對我自身有利呢？
這樣一來，上上下下都在爭奪利益，國家就危險了！這是只講利而不講仁義的弊處！
高見！高見！！
梁惠王也頗同意孟子的見解，但始終沒有重用他。孟子先後去過很多國家，包括梁國、齊國、滕國、薛國、宋國等，但仁政理想始終未能實現。

孟　子

〈民貴君輕〉

孟子曰：「民為貴，社稷次之，君為輕。是故得乎丘民而為天子，得乎天子為諸侯，得乎諸侯為大夫。諸侯危社稷，則變置。犧牲既成，粢盛既絜，祭祀以時，然而旱乾水溢，則變置社稷。」

——《孟子・盡心下》

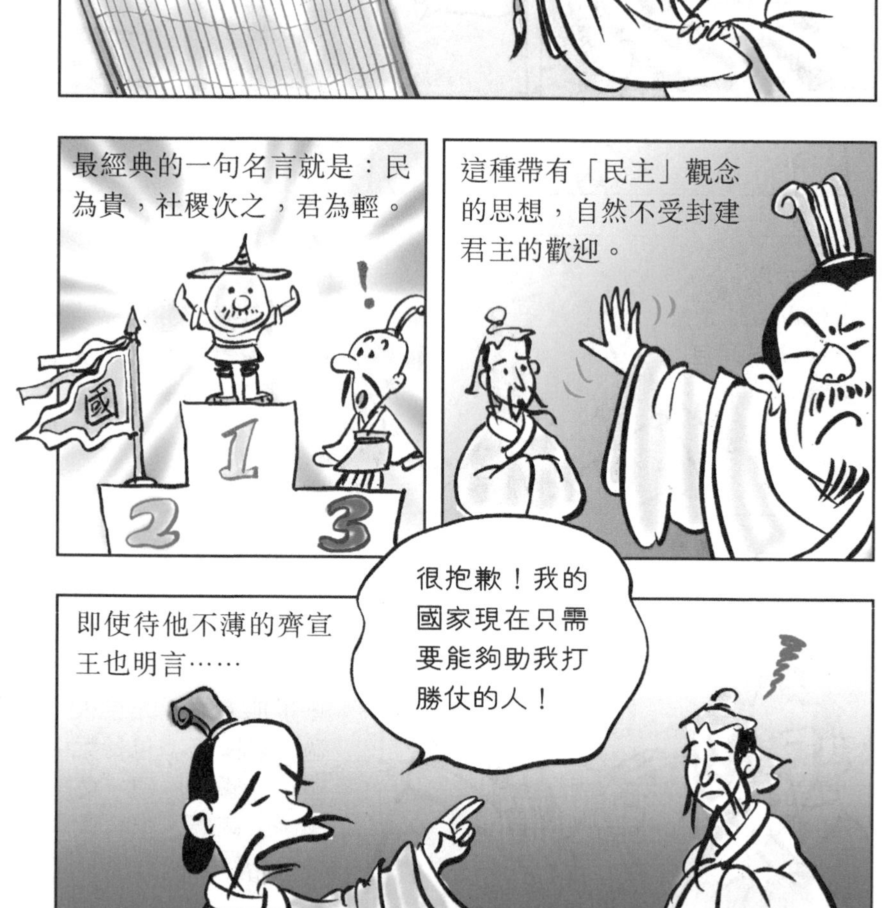

孟子學說的中心思想，於政治方面是主張王道、民本和仁政。
最經典的一句名言就是：民為貴，社稷次之，君為輕。
國
1
2
3
這種帶有「民主」觀念的思想，自然不受封建君主的歡迎。
即使待他不薄的齊宣王也明言……
很抱歉！我的國家現在只需要能夠助我打勝仗的人！

〈論四端〉

孟子曰：「人皆有不忍人之心。先王有不忍人之心，斯有不忍人之政矣。以不忍人之心，行不忍人之政，治天下可運之掌上。所以謂人皆有不忍人之心者，今人乍見孺子將入於井，皆有怵惕惻隱之心，非所以內交於孺子之父母也，非所以要譽於鄉黨朋友也，非惡其聲而然也。由是觀之，無惻隱之心，非人也；無羞惡之心，非人也；無辭讓之心，非人也；無是非之心，非人也。」

——《孟子・公孫丑上》

『夫子教我以正，夫子未出於正也。』則是父子相夷也。父子相夷，則惡矣。古者易子而教之，父子之間不責善。責善則離，離則不祥莫大焉。」

——《孟子．離婁上》

孟子的教育理念，也是秉承孔子的有教無類，並很推崇「易子而教」的教育方式。
老師，自己的兒子自己教，不好嗎？
當然不行！父親往往會溺愛兒子，難以嚴加管教；若太嚴，則又傷了父子感情。

即使看見兒子的一些毛病，也因免傷感情而由它去……

所以，孟子認為易子而教就是最理想的了！
有勞了！我回去教令郎！

〈君子之不教子〉

公孫丑曰：「君子之不教子，何也？」孟子曰：「勢不行也。教者必以正。以正不行，繼之以怒。繼之以怒，則反夷矣。

孟子在尚武、重利的戰國時代，實在難以施展他的仁政抱負，晚年時只好回到鄒國著書講學。

其弟子公孫丑、萬章等協助他完成其學說論述七篇，二百六十一章，三萬四千六百八十五字，發揚儒學，薪火相傳。

孟子的學說論述七篇，統稱為《孟子》。南宋學者朱熹取《禮記》中的《中庸》、《大學》兩篇文章單獨成書，配合《論語》和《孟子》合為四書。孟子因此奠立「亞聖」的地位。

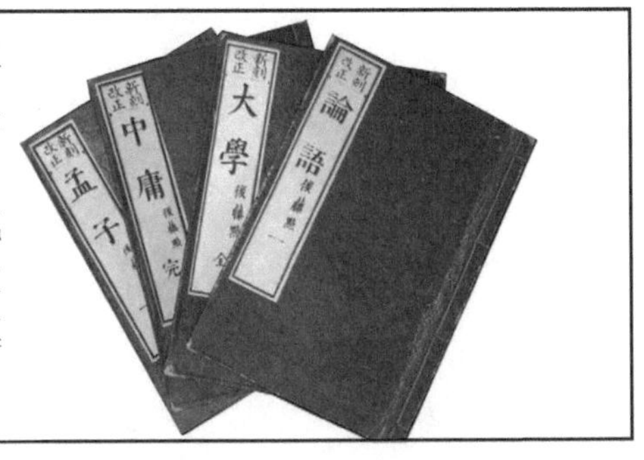

小知識

孟子曾鬧離婚？

劉向在《古烈女傳》中記載了孟子跟妻子鬧不和的故事，妻子更一度向孟母說要離去呢！究竟他們夫妻間有何爭拗？

有一次孟子走進房門，看到妻子獨自在房間裸着身子，覺得這樣很不合禮儀，於是掉頭就走，不進房間。妻子遂向孟母哭訴：「聽說在房間內可不遵守夫妻的規矩。現在我於臥室躺臥，丈夫卻大怒，把我當成客人。已婚的女人不可以在外面住宿，請讓我回娘家算了。」

孟母先安撫媳婦，並把孟子教訓一頓：「《禮經》上說：『一般人進門之前要先打招呼，問問有誰在屋裏；進廳堂之前要揚聲；進屋要往下看，不能直視別人。』現在你不聲不響地撞進房間，是你不懂禮貌，反而責怪妻子，怎麼合理呢？」孟子聽後十分慚愧，並挽留妻子。

這件事不但反映出孟母的智慧與學識，也體現出孟子身為儒學宗師虛心受教的寬宏氣度。

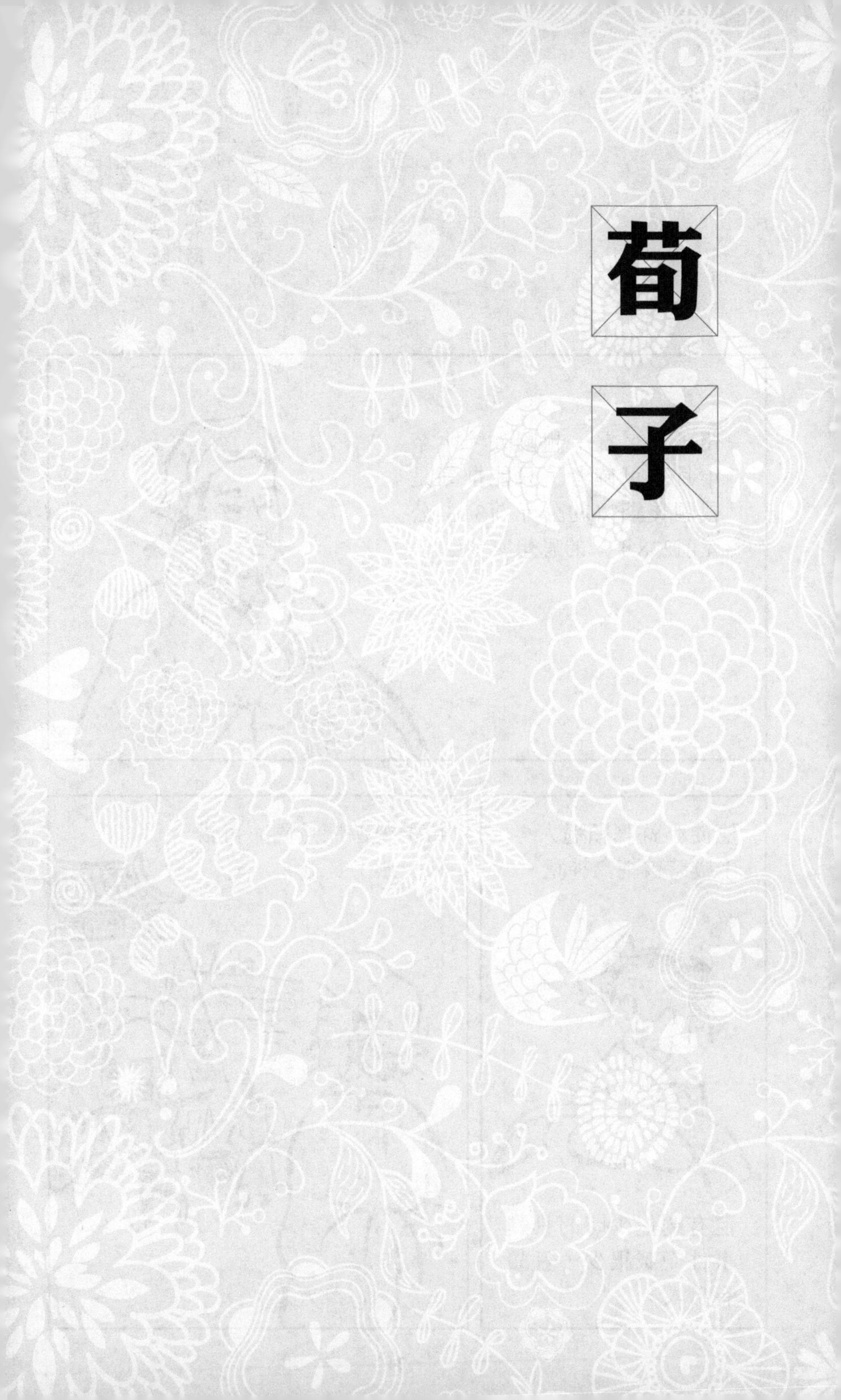

荀子

荀子

天衍，雕龍奭，炙轂過髡。田駢之屬皆已死齊襄王時，而荀卿最為老師。齊尚脩列大夫之缺，而荀卿三為祭酒焉。

——《史記・孟子荀卿列傳第十四》

荀子，名況，趙國人。生卒年月不可確考，只能推斷是戰國後期（約公元前313-公元前238年）的思想家。

他從小就聰穎過人，十歲時被稱為神童。
但有關他少時的具體事件記載很少，且頗有出入。

荀子曾遊歷燕國，可惜未受燕王賞識。

〈游學於齊〉

荀卿，趙人。年五十始來游學於齊。騶衍之術迂大而閎辯；奭也文具難施；淳于髡久與處，時有得善言。故齊人頌曰：談

齊國辦了一所稷下學宮，招攬天下名士，宣講百家之學，荀子遊學於此。
稷下學宮
荀子勸諫齊閔王勿好大喜功，齊閔王不聽，荀子失望離去。

後來齊襄王即位，荀子重新回到稷下學宮。
其時之荀子，因德高望重，很受齊襄王尊敬，三次被推為祭酒（學宮的最重要人物），也稱讚他是「最為老師」。

荀子

〈秦昭王問孫卿子〉

儒者法先王，隆禮義，謹乎臣子而致貴其上者也。人主用之，則埶在本朝而宜；不用，則退編百姓而慤；必為順下矣。雖窮困凍餧，必不以邪道為貪。無置錐之地，而明持社稷之大義。嗚呼而莫之能應，然而通乎財萬物養百姓之經紀。

——《荀子‧儒效》

齊襄王死後，稷下學宮衰落，荀子受邀到秦國。
秦王啊，你應該重用儒士，以德治國……
嗯嗯

但秦王只是表面敷衍，實則心裏只是忙於兼併別國。
攻打楚國好呢……
還是攻打趙國？
荀子唯有作罷，轉到他國去。
此後的數年間，荀子奔走於趙國、齊國、楚國……

〈荀卿適楚〉

齊人或讒荀卿，荀卿乃適楚，而春申君以為蘭陵令。春申君死而荀卿廢，因家蘭陵。李斯嘗為弟子，已而相秦。荀卿嫉濁世之政，亡國亂君相屬，不遂大道而營於巫祝，信機祥，鄙儒小拘，如莊周等又猾稽亂俗，於是推儒、墨、道德之行事興壞，序列著數萬言而卒。因葬蘭陵。

——《史記・孟子荀卿列傳第十四》

楚國的丞相春申君尚算開明，封了荀子一個「蘭陵令」。蘭陵地方不大，但荀子把該地打理得物阜民豐，百姓安樂。

可惜有小人進讒言，荀子只有黯然離開。

後來，楚國人念到荀子的德政，向春申君進言，春申君回心轉意，重邀荀子當蘭陵令。直至春申君死後，荀子辭官講學，終老蘭陵。

故必將有師法之化，禮義之道，然後出於辭讓，合於文理，而歸於治。用此觀之，然則人之性惡明矣，其善者偽也。故枸木必將待檃栝烝矯然後直，鈍金必將待礱厲然後利。今人之性惡，必將待師法然後正，得禮義然後治。

——《荀子・性惡篇第二十三》

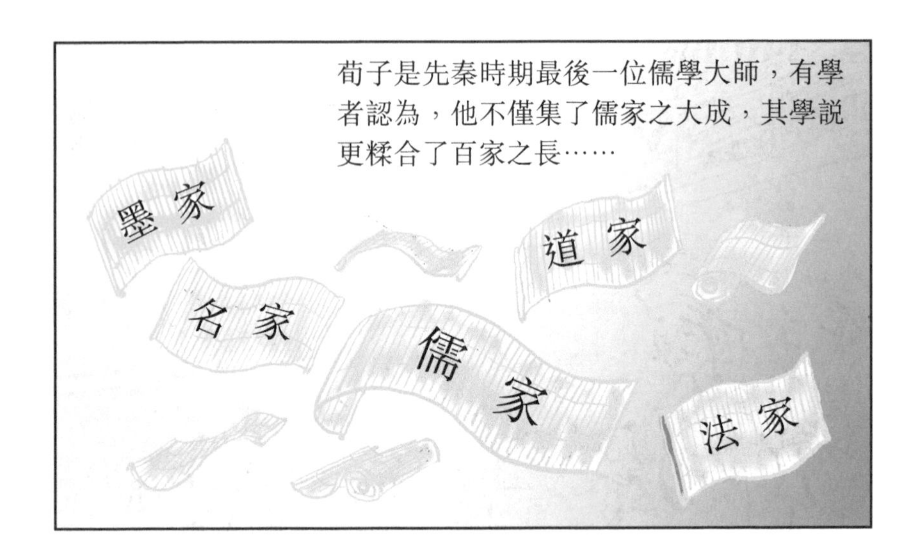

荀子是先秦時期最後一位儒學大師，有學者認為，他不僅集了儒家之大成，其學說更糅合了百家之長……
墨家
道家
名家
儒家
法家

而荀子與他的儒學前輩孟子，對於「人性」的闡釋剛好相反。孟子「性善論」認為人的本質是「善」的。
善

而荀子的「性惡論」認為，人與生俱來就有各種利己的慾望，而為了達成慾望，就會爭權奪利。
惡

〈性惡論〉

人之性惡，其善者偽也。今人之性，生而有好利焉，順是，故爭奪生而辭讓亡焉；生而有疾惡焉，順是，故殘賊生而忠信亡焉；生而有耳目之欲有好聲色焉，順是，故淫亂生而禮義文理亡焉。然則從人之性、順人之情，必出於爭奪，合於犯分亂理而歸於暴。

荀子認為，因為人性本惡，所以要以禮來作出規範。並且接受師長教化，以聖人為目標……

禮

荀子和孟子的立論相反，其實最終都是希望人能向善。但荀子的主張，學者認為是權威主義，會變成統治者的壓迫工具。

又因其弟子韓非子，成為了法家思想的代表人物……
另一弟子李斯更是人品不堪而下場淒慘，兩位高足連累了荀子在儒家的地位。

中唐時期，韓愈揚孟貶荀；南宋朱熹乾脆說「不須理會荀卿，且理會孟子性善」。明清時期有學者提出異議，但到了民國，學術界認為荀子思想封建，於是猛力抨擊。

到了現代，不少學者重新評價荀子的哲學思想，還原其歷史地位。

小知識

荀子地位為何不如孟子？

春秋戰國時期，儒家思想的出現，影響了中國以後數千年的思想發展。儒家代表以孔子為首，這是毋庸置疑的，但為何同是推崇儒家有功的荀子，地位卻跟封為「亞聖」的孟子相去甚遠？

孔子的儒家思想提倡「仁」及「禮」，孟子發揮「仁」的思想而有「性本善」之學說，荀子則發揮「禮」的思想，認為人皆「性本惡」，人與生俱來就具有不同的慾望，為了滿足慾望就會爭權奪利，故唯有以「禮」來約束。

其實孟子和荀子的「性善」、「性惡」並非對立，而是論人性的兩面。據學者研究，兩漢時期的孟、荀思想是處於並尊地位的，但到中唐韓愈揚孟抑荀，宋代理學家更幾乎視荀子為異端，朱熹便說：「不須理會荀卿，且理會孟子性善。」於是後人便漸漸認為荀子的歷史地位不如孟子。

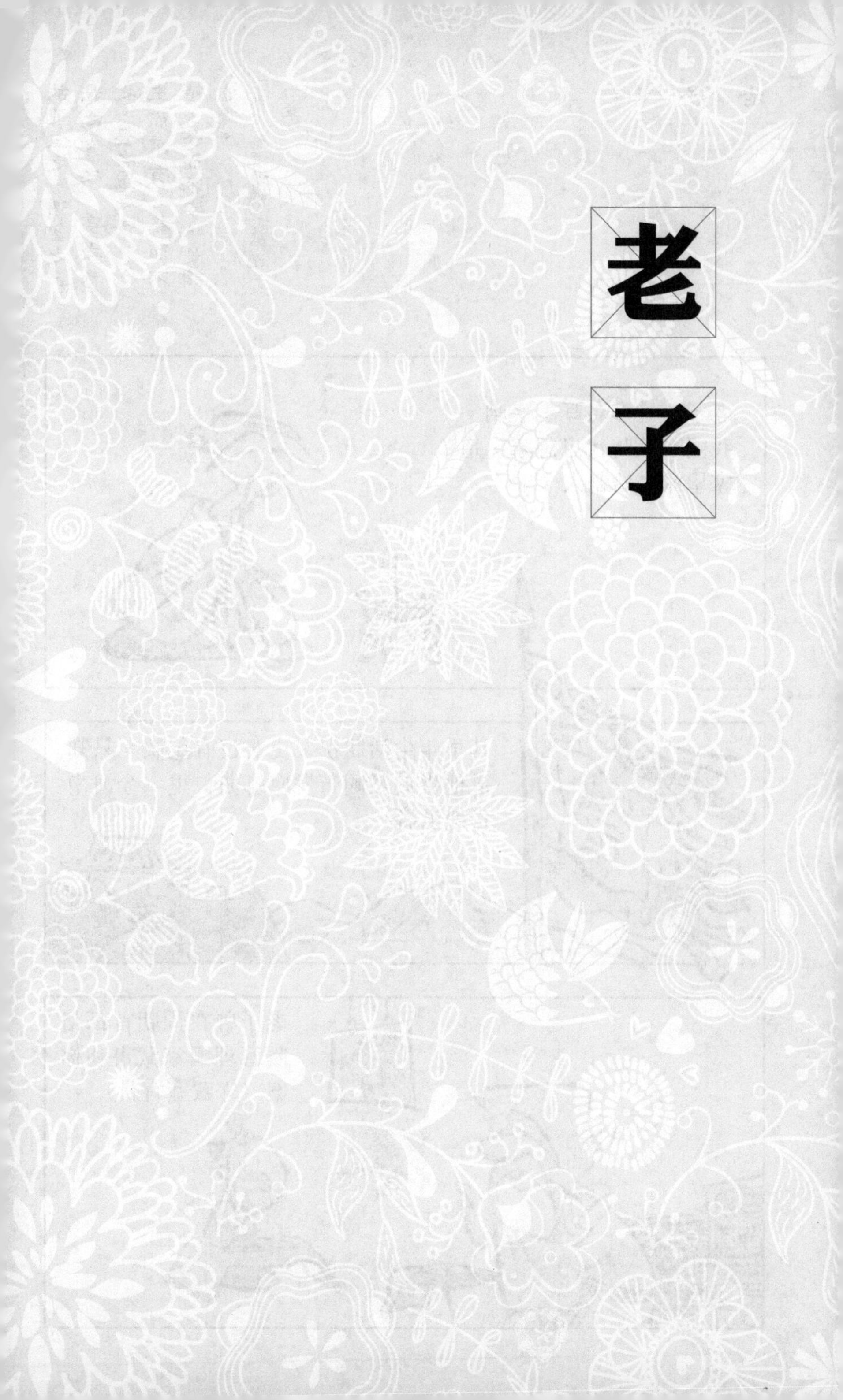

老子

故道生之，德畜之，長之育之、亭之毒之、養之覆之。生而不有，為而不恃，長而不宰，是謂玄德。

——《道德經·第五十一章》

老子，姓李名耳，字聃。我國春秋時代思想家，道家學派之始創人。
楚
其早年生活狀況，史書沒有記載，只知道他生於楚國苦縣厲鄉曲仁里（今河南省鹿邑縣）。

老子曾在周朝首都洛陽管理國家藏書和檔案（守藏室官員）。
靜

〈道生之，德畜之〉

道生之，德畜之；
物形之，勢成之。
是以萬物莫不遵道而
貴德。
道之尊，德之貴，夫
莫之命而常自然。

老子的中心思想是「道」，他認為道是宇宙的本源。
道生天地，道的運行是自由的，必然的，天長地久直至永遠。

而宇宙的本來面目是「無」，因道的作用變成「有」，才有天地萬物……

有了道（萬物）之後，又怎樣呢？
道生之，德畜之。
要有「德」。「德」是用來培養它，保養它。「德」是對應萬物的態度。

〈孔子問禮〉

孔子適周，將問禮於老子。老子曰：「子所言者，其人與骨皆已朽矣，獨其言在耳。且君子得其時則駕，不得其時則蓬累而行。吾聞之，良賈深藏若虛，君子盛德容貌若愚。去子之驕氣與多欲，態色與淫志，是皆無益於子之身。吾所以告子，若是而已。」孔子去，謂弟子曰：「鳥，吾知其能飛；魚，吾知其能游；獸，吾知其能走。走者可以為罔，游者可以為綸，飛者可以為矰。至於龍，吾不能知其乘風雲而上天。吾今日見老子，其猶龍邪！」

——《史記・老子韓非列傳第三》

老子聲譽日隆，連孔子也從魯國來問禮。
你所說的都是古人之言，他們的骨頭都爛了，只有言論還在。
你要深藏若虛，拋掉驕氣和過多的慾望……

做作的姿態和過大的志向都是沒有好處的！

老子帶孔子考察禮、樂。離去時送孔子至黃河邊……
你何不學學水的大德？
水有何德？

〈上善若水〉

上善若水，水善利萬物而不爭。處眾人之所惡，故幾於道。居善地，心善淵，與善仁，言善信，政善治，事善能，動善時。夫唯不爭，故無尤。

——《道德經・第八章》

老子

於是老子迺著書上下篇，言道德之意五千餘言而去，莫知其所終。

——《史記・老子韓非列傳第三》

老子看到周朝愈來愈衰敗，心灰意冷之下，騎一匹青牛出關隱居……

守關官員是個識貨之人，久仰老子大名，親迎至府中好好招待他……
函谷關
出關之前，何不著書流芳百世？
老子於是花了幾個月時間，寫下五千字左右的《道德經》（又名《德道經》）。

〈老子著書〉

老子脩道德，其學以自隱無名為務。居周久之，見周之衰，迺遂去。至關，關令尹喜曰：「子將隱矣，彊為我著書。」

此經分上、下兩篇，共八十一章，是道家學說的經典。

老子寫下經典後，依舊騎着青牛出關去了。

自此老子不知去向，傳說他去了西域，在當地教化胡人云云。
至於他的歲數，有說一百歲，有說一百六十甚至兩百歲的，眾說紛紜，總之很長壽就是了。

小知識

道德還是德道？

「道德」、「道德」，中國人對於這個名詞毫不陌生，雖然其內涵隨朝代變遷，時至今日已有所不同。

而「道德」這名詞可追溯到老子的《道德經》(亦稱《老子》) 一書。《道德經》分上篇〈道經〉和下篇〈德經〉，合稱《道德經》。

但意外的是，1973 年的馬王堆漢墓出土的帛書，竟是〈德經〉在前，〈道經〉在後！那麼應稱為《德道經》才對。而以前在敦煌藏經洞中發現的《道德經》抄本，也多以〈德經〉為上卷，〈道經〉為下卷的。如今在馬王堆發現的帛書版本是漢文帝十二年（公元前 168 年）的抄本，似可斷言這個排列才是老子的原意。

不過要不要「必也正名乎」，還是留待學者研究研究好了。

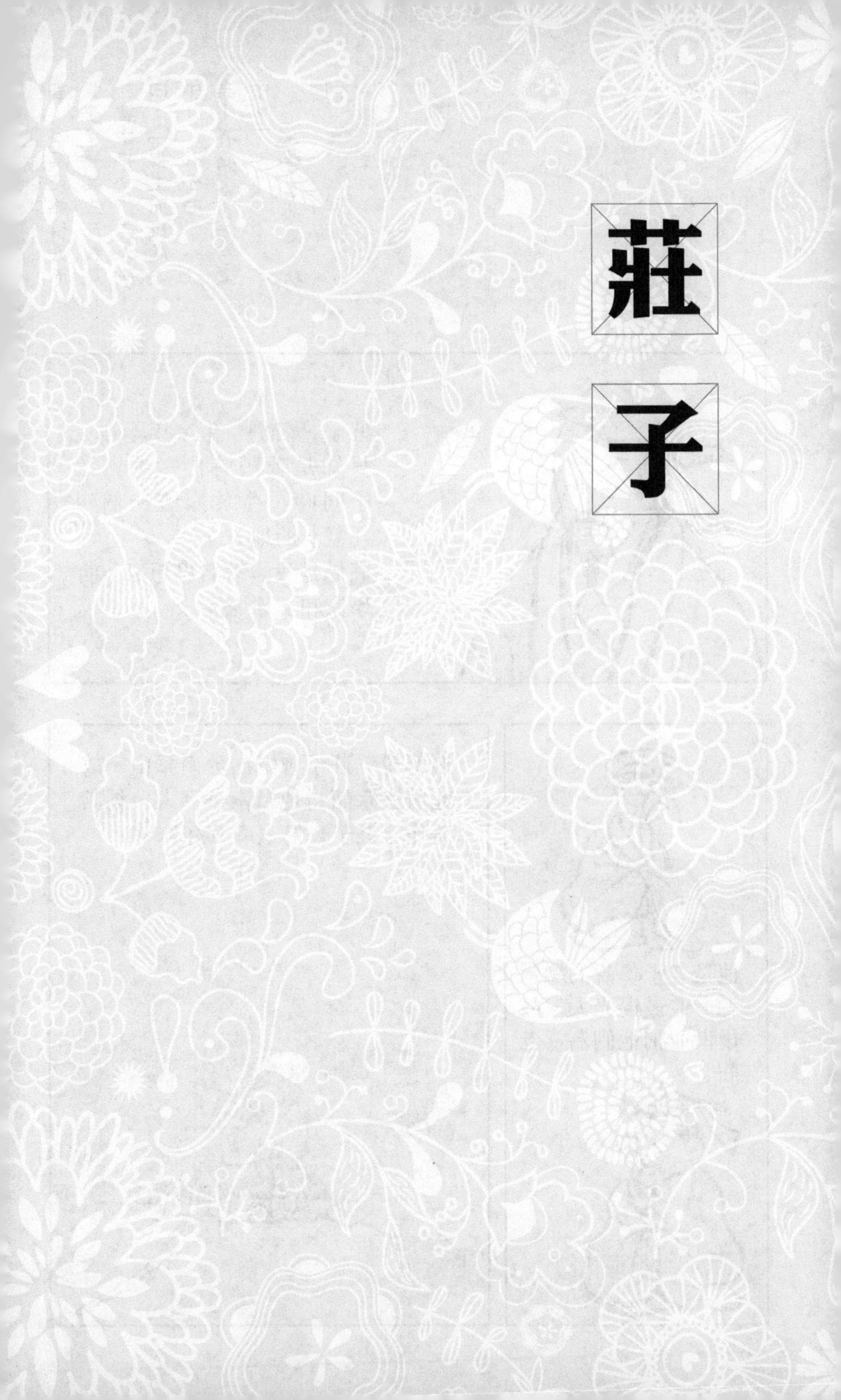

莊子

者，寧其死為留骨而貴乎？寧其生而曳尾於塗中乎？」二大夫曰：「寧生而曳尾塗中。」莊子曰：「往矣！吾將曳尾於塗中。」

——《莊子・外篇・秋水》

莊子，名周。生卒年不詳，只知是戰國時代，約與孟子同時，生於宋國一個叫「蒙」的地方。

莊周是我國著名思想家、哲學家和文學家。

他是老子學説的繼承者，並發揚光大。故後世並稱他們為「老莊」。

據傳説，莊子曾隱居於南華山，故此唐玄宗詔封他為南華真人，稱其著作《莊子》為《南華經》。

〈莊子釣於濮水〉

莊子釣於濮水，楚王使大夫二人往先焉，曰：「願以境內累矣！」莊子持竿不顧，曰：「吾聞楚有神龜，死已三千歲矣，王巾笥而藏之廟堂之上。此龜

史書記載，莊子除了做過漆園吏以外，沒有當過其他官職。而漆園吏就是管理漆樹生產的官員。

並非沒人請他做官，是他自己不想做。有一次楚威王派人邀請莊周出任楚國宰相。
我寧為泥裏嬉戲的活烏龜……
也不願意成為廟堂裏，用以卜卦的死烏龜啊！

俄然覺，則蘧蘧然周也。不知周之夢為胡蝶與，胡蝶之夢為周與？周與胡蝶，則必有分矣。此之謂物化。

——《莊子・齊物論》

莊子有一則非常著名的寓言，就是說他某日做夢，夢見自己是一隻蝴蝶……

蝴蝶很快樂地飛舞，根本不知有莊周此人。

忽然，夢醒了！

〈莊周夢蝶〉

昔者莊周夢為胡蝶，栩栩然胡蝶也，自喻適志與！不知周也。

咦？我是莊周，不是蝴蝶啊！
到底，是我做夢變成蝴蝶……
還是蝴蝶做夢變成我呢？
這寓言就是《莊子‧齊物論》的名篇：夢蝶。

夫鵷鶵，發於南海而飛於北海，非梧桐不止，非練實不食，非醴泉不飲。於是鴟得腐鼠，鵷鶵過之，仰而視曰『嚇！』今子欲以子之梁國而嚇我邪？」。

——《莊子・外篇・秋水》

〈惠子相梁〉

惠子相梁，莊子往見之。或謂惠子曰：「莊子來，欲代子相。」於是惠子恐，搜於國中三日三夜。

莊子往見之，曰：「南方有鳥，其名為鵷鶵，子知之乎？

這種鳥從南海飛到北海，途中不是梧桐樹不棲息……
不是竹子的果實不吃；不是甘美的泉水不喝。

一隻正在吃死老鼠的貓頭鷹見牠飛過，就盯着牠大叫：
想搶我的死老鼠嗎？
現在，你用閣下的梁國相位來「嚇」我麼？

本无形，非徒无形也而本无氣。雜乎芒芴之間，變而有氣，氣變而有形，形變而有生，今又變而之死，是相與為春秋冬夏四時行也。人且偃然寢於巨室，而我噭噭然隨而哭之，自以為不通乎命，故止也。」

——《莊子·至樂篇》

莊子的「生死觀」與當時的儒家思想可謂南轅北轍。儒家尊重生命、敬畏生命，是「樂生哀死」的哲學，而莊子恰恰相反，是「苦生樂死」的倡導者。

人生充滿憂愁，無長久而真實的快樂，因此，死亡反而是一種解脫，一種休息……

〈鼓盆而歌〉

莊子妻死，惠子弔之，莊子則方箕踞鼓盆而歌。

惠子曰：「與人居，長子老身，死不哭亦足矣，又鼓盆而歌，不亦甚乎！」

莊子曰：「不然。是其始死也，我獨何能无慨然！察其始而本无生，非徒无生也而

由當初沒有生命變得有生命，如今再由有生命變回沒有生命而已……

〈尊重孔子〉

莊子曰：「孔子謝之矣，而其未之嘗言。孔子云：『夫受才乎大本，復靈以生。』鳴而當律，言而當法，利義陳乎前，而好惡是非直服人之口而已矣。使人乃以心服，而不敢蘁立，定天下之定。已乎已乎！吾且不得及彼乎！」

——《莊子・寓言篇》

莊子壯年已不想當官，晚年更隱居起來，常垂釣於濮水、渦水。

遊於濠梁觀魚，與魚鳥共樂……

他也反省自己年輕時對孔子的冷嘲熱諷，並肯定孔子的「不朽」地位。
其實，我還不如他呢！

〈莊子將死〉

莊子將死，弟子欲厚葬之。莊子曰：「吾以天地為棺槨，以日月為連璧，星辰為珠璣，萬物為齎送。吾葬具豈不備邪？何以加此！」弟子曰：「吾恐烏鳶之食夫子也。」莊子曰：「在上為烏鳶食，在下為螻蟻食，奪彼與此，何其偏也！」

——《莊子・雜篇・列禦寇》

當他的生命走到最後的時候……
老師請您放心，我們會為您預備最好的棺木……
我以天地為棺槨，日月為雙璧，星辰為珠璣，萬物作為陪葬……
就這麼天葬？
老鷹與烏鴉會吃掉老師的遺體呀！
我的殯葬物還不夠齊備嗎？何必多此一舉？
在地上的給飛鳥吃，在地下的給螻蟻食，你們為甚麼要拿走飛鳥的食物呢？

小知識

莊子裝死試妻

民間流傳這樣一個故事：莊子某日遇到一個要等亡夫墳墓乾透才可改嫁的新寡少婦，便替她煽乾墳墓泥土，並把此事告知妻子。怎料妻子批評那寡婦薄情，並誓言自己必定忠貞。

於是莊子就假裝自己已經病死入殮，再偽裝成一位名叫楚王孫的書生回家，想要測試妻子的忠貞。意料之外的是，妻子對這位突然來訪家中的楚王孫一見傾心，兩人甚至倉促成婚。洞房當晚楚王孫忽然頭痛發作。聽楚王孫說將死人的腦髓和熱酒吞服可治癒頭痛後，妻子以為莊子已死，為救新歡心切，拿起斧頭就要劈棺取莊子的腦髓！京劇劇目《大劈棺》說的就是這個故事，其實是明代小說家馮夢龍改編《莊子》所載莊子在妻子死後坐着唱歌一事。

實際上，有着莊子這樣生死觀的人，又怎會做出此等無聊的事？

墨子

〈兼愛〉

若使天下兼相愛，國與國不相攻，家與家不相亂，盜賊無有，君臣父子皆能孝慈，若此則天下治。故聖人以治天下為事者，惡得不禁惡而勸愛。故天下兼相愛則治，交相惡則亂。故子墨子曰不可以不勸愛人者，此也。

——《墨子・兼愛上》

墨子

墨子於史實記載不多，一般認為他姓墨名翟，出生於公元前480年前後，魯國人。
相傳墨子曾任宋國大夫，且曾在儒家門下學習……

但後來墨子不滿儒家所提倡的繁瑣禮樂形式……

遂另立學說：
兼愛
非攻

〈量腹而食，度身而衣〉

子墨子謂公尚過曰：「子觀越王之志何若？意越王將聽吾言，用我道，則翟將往，量腹而食，度身而衣，自比於羣臣，奚能以封為哉？抑越王不聽吾言，不用吾道，而我往焉，則是我以義糶也。鈞之糶，亦於中國耳，何必於越哉？」

——《墨子・魯問第四十九》

於是見公輸般，子墨子解帶為城，以牒為械，公輸般九設攻城之機變，子墨子九距之，公輸般之攻械盡，子墨子之守圉有餘。

報告老師，楚王命令魯班製造「雲梯」，準備攻打宋國。
墨子深知宋弱楚強，決定前往楚國遊説，阻止這場戰爭。
無端侵略宋國，是不義的行為……
望楚王三思！

甚麼「義」，甚麼「不義」，我可不關心！
我關心的是勝負，你若證明我攻城會失敗，我就放棄侵宋！

〈魯班為楚造雲梯〉

公輸般為楚造雲梯之械成，將以攻宋。子墨子聞之，起於齊行十日十夜，而至於郢，見公輸般……王曰：「善哉！雖然，公輸般為我為雲梯，必取宋。」

於是楚王安排了墨子對魯班的一場比試。
他們以腰帶、木片作道具，模擬一場攻防戰……
結果魯班攻城九次皆攻不下。
我輸了！
不過我知道有一個贏你的方法！
我也猜到你所想到的方法！
?

宋莫能守，可攻也。然臣之弟子禽滑釐等三百人，已持臣守圉之器，在宋城上而待楚寇矣。雖殺臣，不能絕也。」楚王曰：「善哉！吾請無攻宋矣。」

——《墨子・公輸第五十》

公輸般詘，而曰：「吾知所以距子矣，吾不言。」

子墨子亦曰：「吾知子之所以距我，吾不言。」

楚王問其故，子墨子曰：「公輸子之意，不過欲殺臣，殺臣，

楚王無奈打消侵宋的念頭。墨子及其弟子門人，成功消弭了不少無謂的戰爭。

墨家後來分為兩派，一派注重科研。
一派轉化為遊俠。

但墨家在當時的社會，只是曲高和寡，再加上反戰意識不受統治者歡迎，最終退出歷史舞台。
墨子

小知識

墨子是物理學家？

墨子不單是個思想家、政治家，也是一個發明家。他為了幫助弱國，發明了很多守城工具。墨家著作中記錄了很多科技內容，包括時間、空間、數學、力學和光學等，如光學的「小孔成像」，墨子早已有所解釋，與今天的照相光學脗合。《墨經》亦是世上最早有物理學基本理論的著作，當中論及的滑輪技術、槓桿等原理，比古希臘哲學家阿基米德的還要早出現！

韓非子

〈定 法〉

問者曰：「申不害、公孫鞅、此二家之言，孰急於國？」應之曰：「是不可程也。人不食，十日則死；大寒之隆，不衣亦死。謂之衣、食孰急於人？則是不可一無也，皆養生之具也。今申不害言術，而公孫鞅為法。術者、因任而授官，循名而責實，操殺生之柄，課羣臣之能者也：此人主之所執也。法者、憲令著於官府，賞罰必於民心，賞存乎慎法，而罰加乎姦令者也：此人臣之所師也。君無術則弊於上，臣無法則亂於下，此不可一無，皆帝王之具也。」

——《韓非子．定法》

韓非，戰國末年的思想家，出生於戰國七雄中最弱小的韓國（約公元前281年~前233年），是韓國宗室的公子。他有文才，但天生口吃，不擅言詞，唯有化作文章，著書立說。

他師從荀子，但並不認同儒家的治國理念。

老師，我認為治國之道還是以「法家」更有效……
平民百姓，又有多少人懂得禮儀？但一定會害怕權勢！故此嚴刑是必需的！

韓非子認為，只要君主善用權術，而臣民遵守法律，天下就會太平。這就是「法」與「術」。

〈難勢〉

吾所為言勢者，言人之所設也。今曰：堯、舜得勢而治，桀、紂得勢而亂，吾非以堯、桀為不然也。雖然，非人之所得設也。夫堯、舜生而在上位，雖有十桀、紂不能亂者，則勢治也。桀、紂亦生而在上位，雖有十堯、舜而亦不能治者，則勢亂也。故曰：「勢治者則不可亂，而勢亂者則不可治也。」

——《韓非子・難勢》

韓非子吸收了三派法家思想精粹：商鞅的「法」、申不害的「術」和慎到的「勢」，把法、術、勢結合起來而成為自己的理論，故後世認為他是法家的集大成者。

李斯曰：「此韓非之所著書也。」秦因急攻韓。韓王始不用非，及急，迺遣非使秦。秦王悅之，未信用。

韓非子曾跟隨荀子學習，李斯是他同學。當時韓非子已有文章問世，才識是李斯所佩服的。
你的文體優美，見解精到，將來一定大有成就！

對於韓國積弱，韓非子非常擔憂，遂中止學習，回國上書韓國國君變革圖強，但不被採納。

他的文章卻流傳到秦國，秦王嬴政發現韓非子，驚為天人……
啊！我要是能結交此人，死無遺憾矣！

〈入　秦〉

人或傳其書至秦。秦王見孤憤、五蠹之書，曰：「嗟乎，寡人得見此人與之游，死不恨矣！」

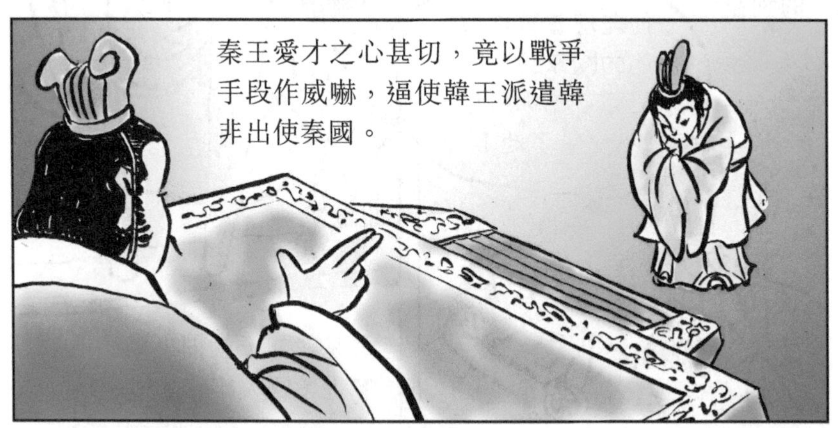

李斯使人遺非藥，使自殺。韓非欲自陳，不得見。秦王後悔之，使人赦之，非已死矣。

——《史記・老子韓非列傳第三》

韓非子的同窗李斯，是個非常功利的傢伙，他有一套「老鼠哲學」，就是認為環境決定成敗，即使是隻老鼠，若找到官倉棲身，就可以優哉悠哉！

在秦國當官，就是他的「老鼠官倉」，絕對不容有人拿走他的利益。
大王啊！你要併吞六國，但韓非是韓國貴族呀。
他怎麼會幫你滅自己的國家呢？他有才能而不為你所用，不如殺了他！
於是韓非子就糊裏糊塗地被關進秦國大牢。

李斯、姚賈害之，毀之曰：「韓非，韓之諸公子也。今王欲并諸侯，非終為韓不為秦，此人之情也。今王不用，久留而歸之，此自遺患也，不如以過法誅之。」秦王以為然，下吏治非。

李斯一不做二不休，派人給韓非子送去毒藥……

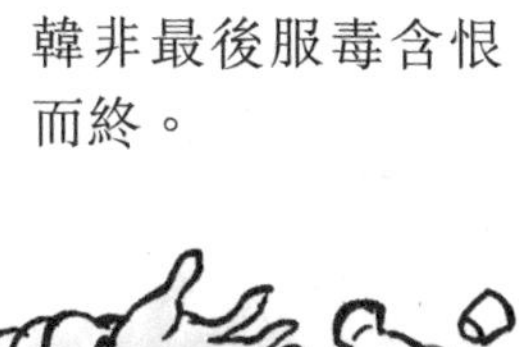

韓非最後服毒含恨而終。

後來秦王覺得太過，想赦免韓非……

稟大王！韓非已畏罪服毒身亡了！
喔！
可惜！

李斯害死韓非子後，官運亨通，一路攀上丞相之位，榮華富貴了廿多年……
秦始皇三十七年，（前210年）始皇巡遊，帶同最小的兒子胡亥，丞相李斯和符璽令趙高。
秦始皇忽患急病駕崩，李斯和趙高合謀秘不發喪，又假傳聖旨逼太子扶蘇自盡。
目的是擁立少主胡亥登基，欺其年少容易控制。

韓非子留傳後世的著作《韓非子》二十卷，分為五十五篇。

韓非子喜用寓言故事說哲理，很多今天我們常用的成語也出於此，例如：自相矛盾、遠水不能救近火、守株待兔、識途老馬……。

小知識

為甚麼連名帶姓叫韓非子？

孔丘被尊稱孔子，孟軻稱孟子，莊子、荀子都是姓氏配上「子」，何解不稱韓非為「韓子」而是「韓非子」?

其實有相當一段時間，從秦代到唐代，韓非子是被稱為韓子的，但宋以後的學者尊稱唐代「文起八代之衰」的韓愈為韓子，為免混淆，韓非只好委屈一點，改稱為「韓非子」。當然，這是沒有一定標準的，你喜歡稱韓非為韓子也是正確的，例如梁啟超之弟梁啟雄所著的《韓子淺解》，便以韓子來稱呼韓非。

古文經典選註

一、孔子

1. 季氏饗士

孔子生魯昌平鄉陬邑。其先宋人也，曰孔防叔。防叔生伯夏，伯夏生叔梁紇。紇與顏氏女野合而生孔子，禱於尼丘得孔子。魯襄公二十二年而孔子生。生而首上圩頂[①]，故因名曰丘云。字仲尼，姓孔氏。

丘生而叔梁紇死，葬於防山。防山在魯東，由是孔子疑其父墓處，母諱之也。孔子為兒嬉戲，常陳俎[②]豆，設禮容。孔子母死，乃殯五父之衢[③]，蓋其慎也。郰[④]人輓父之母誨孔子父墓，然後往合葬於防焉。

孔子要絰[⑤]，季氏饗[⑥]士，孔子與往。陽虎絀曰：「季氏饗士，非敢饗子也。」孔子由是退。

——《史記・孔子世家第十七》

---

① 圩頂：頭頂凹陷。
② 俎：古代祭祀或宴會時用來盛牲的禮器。
③ 衢：四通八達的道路。
④ 郰：春秋魯國地名，今山東省曲阜市東南。
⑤ 絰：古代喪服上的麻帶，繫在腰間或頭上。
⑥ 饗：用酒食招待客人。

2. 齊景公問政於孔子

齊景公問政於孔子，孔子對曰：「君君[7]，臣臣，父父，子子。」公曰：「善哉！信如君不君，臣不臣，父不父，子不子，雖[8]有粟，吾得而食諸[9]？」

——《論語・顏淵第十二》

3. 過難於蒲

過蒲，會[10]公叔氏以蒲畔，蒲人止孔子。弟子有公良孺者，以私車五乘從孔子。其為人長賢，有勇力，謂曰：「吾昔從夫子遇難於匡，今又遇難於此，命也已。吾與夫子再罹[11]難，寧鬬而死。」鬬甚疾。蒲人懼，謂孔子曰：「苟毋適衛，吾出[12]子。」與之盟，出孔子東門。孔子遂適衛。子貢曰：「盟可負[13]邪？」孔子曰：「要盟[14]也，神不聽。」

——《史記・孔子世家第十七》

---

⑦ 君君：第一個「君」，為名詞，指國君；第二個「君」為動詞，意為像國君的樣子。「君君」意即國君要像個國君的樣子。以下「臣臣」、「父父」、「子子」句式結構同。

⑧ 雖：即使，縱然。

⑨ 諸：「之乎」的合音。

⑩ 會：恰逢。

⑪ 罹：遭遇不幸。

⑫ 出：釋放。

⑬ 負：違犯。

⑭ 要盟：要脅之下訂立的盟約。要：要脅，脅迫。

4. 陳蔡絕糧

楚昭王聘孔子。孔子往拜禮焉，路出於陳、蔡。陳、蔡大夫相與謀曰：「孔子聖賢，其所刺譏[15]，皆中諸侯之病。若用於楚，則陳、蔡危矣。」遂使徒兵距孔子。孔子不得行，絕糧七日，外無所通，黎羹不充，從者皆病。孔子愈慷慨講誦，絃歌不衰。

乃召子路而問焉，曰：「《詩》云：『匪兕匪虎[16]，率[17]彼曠野。』吾道非乎？奚為至於此？」子路慍，作色[18]而對曰：「君子無所困。意者夫子未仁與？人之弗吾信也；意者夫子未智與？人之弗吾行也。且由也，昔者聞諸夫子：『為善者，天報之以福；為不善者，天報之以禍。』今夫子積德懷義，行之久矣，奚居之窮也？」

子曰：「由未之識也！吾語汝。汝以仁者為必信也，則伯夷、叔齊不餓死首陽；汝以智者為必用也，則王子比干不見剖心；汝以忠者為必報也，則關龍逢不見刑；汝以諫者為必聽也，則伍子胥不見殺。夫遇不遇者，時也；賢不肖者，才也，君子博學深謀而不遇時者，眾矣。何獨丘哉！且芝蘭生於深林，不以無人而不芳；君子修道立德，不為窮困而敗節。為之者人也，生死者命也。是以晉重耳之有霸心，生於曹、衛；越王句踐之有霸心，生於會稽。故居下而無憂者，則思不遠；處身而常逸者，則志不廣，庸知其終始乎？」

---

⑮ 刺：指責。譏：諷刺。
⑯ 匪兕匪虎：不是犀牛，也不是老虎。兕：雌性犀牛。
⑰ 率：循，沿着。
⑱ 作色：（臉）變色。

子路出。召子貢，告如子路。子貢曰：「夫子之道至大，故天下莫能容夫子，夫子蓋少貶焉？」子曰：「賜，良農能稼，不必能穡；良工能巧，不能為順；君子能修其道，綱而紀之，不必其能容。今不修其道，而求其容，賜，爾志不廣矣！思不遠矣！」

子貢出。顏回入，問亦如之。顏回曰：「夫子之道至大，天下莫能容。雖然，夫子推而行之，世不我用，有國者之醜也。夫子何病焉！不容然後見君子。」孔子欣然歎曰：「有是哉，顏氏之子！使爾多財，吾為爾宰。」

——《孔子家語・在厄第二十》

5. 顏回偷食

孔子窮乎陳、蔡之間，藜羹不斟，七日不嘗粒，晝寢。顏回索米，得而爨[19]之，幾熟。孔子望見顏回攫[20]其甑[21]中而食之。選間[22]食熟，謁孔子而進食。孔子佯為不見之。孔子起曰：「今者夢見先君，食潔而後饋[23]。」顏回對曰：「不可。嚮者煤炱[24]入甑中，棄食不祥，回攫而飲之。」孔子歎曰：「所信者目也，而目猶不可信；所恃者心也，而心猶不足恃。弟子記之，知人固不易矣。」故知非難也，孔子之所以知人難也。

——《呂氏春秋・審分覽・任數》

---

⑲ 爨：煮熟食物。
⑳ 攫：用手抓取。
㉑ 甑：蒸籠。
㉒ 選間：須臾，一會兒。
㉓ 饋：向尊長進食。
㉔ 煤炱：黑煤灰。

6. 顏淵之死

顏淵死，顏路請子之車以為之椁。子曰：「才不才，亦各言其子也。鯉也死，有棺而無椁。吾不徒行以為之椁，以吾從大夫之後，不可徒行也。」

顏淵死。子曰：「噫！天喪予！天喪予！」

顏淵死，子哭之慟[25]。從者曰：「子慟矣。」曰：「有慟乎？非夫人之為慟而誰為！」

——《論語・先進第十一》

㉕ 慟：哀傷過度，過於悲痛。

二、孟子

7. 孟母三遷

鄒孟軻之母也，號孟母。其舍近墓。孟子之少也，嬉遊為墓間之事，踴躍築埋。孟母曰：「此非吾所以居處子[①]也。」乃去，舍市傍。其嬉戲為賈人[②]衒賣[③]之事。孟母又曰：「此非吾所以居處子也。」復徙舍學宮之傍。其嬉遊乃[④]設俎豆，揖讓進退。孟母曰：「真可以居吾子矣。」遂居之。及孟子長，學六藝，卒成大儒之名。君子謂孟母善以漸化。《詩》云：「彼姝者子。何以予之？」此之謂也。自孟子之少也，既學而歸。孟母方績，問曰：「學何所至矣？」孟子曰：「自若也。」孟母以刀斷其織。孟子懼而問其故。孟母曰：「子之廢學，若吾斷斯織也。夫君子學以立名，問則廣知。是以居則安寧，動則遠害。今而廢之，是不免于廝役，而無以離于禍患也，何以異于織績而食，中道廢而不為，寧能衣其夫子而長不乏糧食哉？女則廢其所食，男則墮于脩德，不為竊盜，則為虜役矣。」孟子懼，旦夕勤學不息，師事子思，遂成天下之名儒。君子謂孟母知為人母之道矣。《詩》云：「彼姝者子，何以告之？」此之謂也。孟子既娶，將入私室，其婦袒而在內，孟子不悅，遂去不入。婦辭孟母而求去，曰：「妾聞夫婦之道，私室不與焉。今者妾竊墮在室，而夫子見妾，

---

① 處子：安頓兒子。
② 賈人：商人。
③ 衒賣：叫賣。
④ 乃：於是，就。

勃然不悦，是客妾也。婦人之義，蓋不客宿。請歸父母。」于是孟母召孟子而謂之曰：「夫禮，將入門，問孰存，所以致敬也；將上堂，聲必揚，所以戒人也；將入戶，視必下，恐見人過也。今子不察於禮，而責禮於人，不亦遠乎？」孟子謝，遂留其婦。君子謂孟母知禮而明於姑母之道。孟子處齊，而有憂色。孟母見之曰：「子若有憂色，何也？」孟子曰：「不敏。」異日，閒居擁楹而歎。孟母見之曰：「鄉見子有憂色，曰『不也』。今擁楹而歎，何也？」孟子對曰：「軻聞之，君子稱身而就位，不為苟得而受賞，不貪榮祿，諸侯不聽，則不達其上；聽而不用，則不踐其朝。今道不用於齊，願行而母老，是以憂也。」孟母曰：「夫婦人之禮，精五飯，羃酒漿，養舅姑，縫衣裳而已矣，故有閨內之修，而無境外之志。《易》曰：『在中饋，無攸遂。』《詩》曰：『無非無儀，惟酒食是議。』以言婦人無擅制之義，而有三從之道也。故年少則從乎父母，出嫁則從乎夫，夫死則從乎子，禮也。今子，成人也，而我老矣。子行乎子義，吾行乎吾禮。」君子謂孟母知婦道。《詩》云：「載色載笑，匪怒匪教。」此之謂也。

頌曰：

孟子之母，教化列分。處子擇藝，使從大倫。子學不進，斷機示焉。子遂成德，為當世冠。

——《古列女傳・母儀・鄒孟軻母》

8. 孟子見梁惠王

孟子見梁惠王。王曰：「叟[5]！不遠千里而來，亦將有以利吾國乎？」

孟子對曰：「王！何必曰利？亦有仁義而已矣。王曰：『何以利吾國？』大夫曰：『何以利吾家？』士庶人[6]曰：『何以利吾身？』上下交征[7]利而國危矣。萬乘之國，弒其君者，必千乘之家；千乘之國，弒其君者，必百乘之家。萬取千焉，千取百焉，不為不多矣。苟[8]為後義而先利，不奪不饜[9]。未有仁而遺其親者也，未有義而後其君者也。王亦曰仁義而已矣，何必曰利？」

——《孟子・梁惠王上》

9. 民貴君輕

孟子曰：「民為貴，社稷[10]次之，君為輕。是故得乎丘民[11]而為天子，得乎天子為諸侯，得乎諸侯為大夫。諸侯危社稷，則變置。犧牲[12]既成，粢盛既絜[13]，祭祀以時，然而旱乾水溢，則變置社稷。」

——《孟子・盡心下》

---

⑤ 叟：老人。
⑥ 士庶人：士和庶人，即老百姓。
⑦ 交征：互相爭奪。
⑧ 苟：如果。
⑨ 饜：滿足。
⑩ 社稷：社，土神。稷，谷神。古代帝王或諸侯建國時，都要立壇祭祀"社"、"稷"，所以"社稷"又作為國家的代稱。
⑪ 丘民：泛指眾民。
⑫ 犧牲：供祭祀用的牛、羊、豬等祭品。
⑬ 粢盛既絜：盛在祭器內的祭品已潔淨了。

10. 論四端

孟子曰：「人皆有不忍人之心。先王[14]有不忍人之心，斯[15]有不忍人之政矣。以不忍人之心，行不忍人之政，治天下可運之掌上。所以謂人皆有不忍人之心者，今人乍[16]見孺子[17]將入於井，皆有怵惕[18]惻隱[19]之心，非所以內交於孺子之父母也，非所以要譽[20]於鄉黨朋友也，非惡其聲而然也。由是觀之，無惻隱之心，非人也；無羞惡之心，非人也；無辭讓之心，非人也；無是非之心，非人也。惻隱之心，仁之端也；羞惡之心，義之端也；辭讓之心，禮之端也；是非之心，智之端也。人之有是四端也，猶其有四體[21]也。有是四端而自謂不能者，自賊者也；謂其君不能者，賊其君者也。凡有四端於我者，知皆擴而充之矣，若火之始然，泉之始達。苟能充之，足以保四海；苟不充之，不足以事父母。」

——《孟子‧公孫丑上》

---

⑭ 先王：上古時代的賢明君王。
⑮ 斯：連詞。
⑯ 乍：突然。
⑰ 孺子：兒童，小孩子。
⑱ 怵惕：驚駭，戒懼。
⑲ 惻隱：同情，憐憫。
⑳ 要譽：求取名譽。
㉑ 四體：四肢。

11. 君子之不教子

公孫丑曰：「君子之不教子，何也？」

孟子曰：「勢不行也。教者必以正[22]。以正不行，繼之以怒。繼之以怒，則反夷矣。『夫子教我以正，夫子未出於正也。』則是父子相夷[23]也。父子相夷，則惡矣。古者易子而教之，父子之間不責善[24]。責善則離，離則不祥莫大焉。」

——《孟子‧離婁上》

㉒ 正：正道。

㉓ 夷：傷害。

㉔ 不責善：不會以善為理由相互責備。

三、荀子

12. 游學於齊

荀卿，趙人。年五十始來游學於齊。騶衍之術迂大而閎辯；奭也文具難施；淳于髡久與處，時有得善言。故齊人頌曰：「談天衍[①]，雕龍奭[②]，炙轂過髡。」田駢之屬皆已死齊襄王時，而荀卿最為老師。齊尚脩列大夫之缺，而荀卿三為祭酒焉。

——《史記・孟子荀卿列傳第十四》

13. 秦昭王問孫卿子

秦昭王問孫卿子[③]曰：「儒無益於人之國？」孫卿子曰："儒者法先王，隆禮義，謹乎臣子而致貴其上者也。人主用之，則埶[④]在本朝而宜，不用，則退編百姓而愨，必為順下矣。雖窮困凍餧，必不以邪道為貪。無置錐之地，而明持社稷之大義。嗚呼而莫之能應，然而

---

① 談天衍：呼應上句"騶衍之術迂大而閎辯"，喻騶衍的論説表現出深遠廣大、奇詭不經得風格。

② 雕龍奭：呼應上句"奭也文具難施"，喻騶奭的論説雖然文采斐然，但是難以施行。

③ 孫卿子：即荀子，一説因為語音轉而為孫，又説因為劉向校書，避宣帝諱詢之嫌名而改。後來清代胡元儀解釋，荀子是公孫氏之後才冒稱孫。

④ 埶：通"勢"，勢力、權勢。

通乎財[5]萬物養百姓之經紀[6]。埶在人上，則王公之材也；在人下，則社稷之臣，國君之寶也。雖隱於窮閻漏屋，人莫不貴之，道誠存也。仲尼將為司寇，沈猶氏不敢朝飲其羊，公慎氏出其妻，慎潰氏踰境而徙，魯之粥牛馬者不豫賈，必蚤正以待之也。居於闕黨，闕黨之子弟，罔不必分，有親者多取，孝弟以化之也。儒者在本朝則美政，在下位則美俗。儒之為人下如是矣。」王曰：「然則其為人上何如？」孫卿曰：「其為人上也，廣大矣，志意定乎內，禮節脩乎朝，法則度量正乎官，忠信愛利形乎下，行一不義，殺一無罪，而得天下，不為也。此君義信乎人矣。通於四海，則天下應之如讙[7]。是何也？則貴名白而天下治也。故近者歌謳而樂之，遠者竭蹶[8]而趨之。四海之內若一家，通達之屬，莫不從服。夫是之謂人師。詩曰：『自西自東，自南自北，無思不服。』此之謂也。夫其為人下也，如彼；其為人也，如此；何謂其無益於人之國也！」昭王曰：「善！」

——《荀子・儒效》

⑤ 財：通“裁”，制裁、節制。
⑥ 經紀：綱紀，法度。
⑦ 讙：通“歡”，歡樂。
⑧ 竭蹶：顛仆，竭盡全力。

14. 荀卿適楚

齊人或讒荀卿，荀卿乃適楚，而春申君以為蘭陵令。春申君死而荀卿廢，因家蘭陵。李斯嘗為弟子，已而相秦。荀卿嫉濁世之政，亡國亂君相屬，不遂大道而營於巫祝，信禨祥；鄙儒小拘，如莊周等又猾稽亂俗[9]，於是推儒、墨、道德之行事興壞，序列著數萬言而卒。因葬蘭陵。

——《史記・孟子荀卿列傳第十四》

15. 性惡論

人之性惡，其善者偽也。今[10]人之性，生而有好利焉，順是，故爭奪生而辭讓亡焉；生而有疾[11]惡焉，順是，故殘賊生而忠信亡焉；生而有耳目之欲有好聲色焉，順是，故淫亂生而禮義文理亡焉。然則從人之性、順人之情，必出於爭奪，合於犯分亂理而歸於暴。故必將有師法之化，禮義之道，然後出於辭讓，合於文理，而歸於治。用此觀之，然則人之性惡明矣，其善者偽也。故枸木必將待櫽栝烝矯然後

⑨ 鄙儒小拘：意指見識淺陋的儒者不通大道，無法捍衛儒家理念。猾稽：即滑稽。
⑩ 今：猶“夫”，語氣詞。
⑪ 疾：通“嫉”，嫉妒。

直[12]，鈍金必將待礱厲然後利[13]。今人之性惡，必將待師法然後正，得禮義然後治。今人無師法則偏險而不正，無禮義則悖亂而不治。古者聖王以人性惡，以為偏險而不正，悖亂而不治，是以為之起禮義、制法度，以矯飾[14]人之情性而正之，以擾化人之情性而導之也，使皆出於治、合於道者也。今之人，化師法、積文學、道禮義者為君子，縱性情、安恣睢而違禮義者為小人。用此觀之，然則人之性惡明矣，其善者偽也。

——《荀子・性惡篇第二十三》

⑫ 枸：通"鉤"，彎曲。檃栝：矯正竹木彎曲的工具。烝：通"蒸"，用蒸汽加熱，這是為了使被矯正的木材柔軟方便矯正。

⑬ 金：指有鋒刃的武器或工具。礱：研磨，磨。厲：通"礪"，磨刀石。

⑭ 飾：通"飭"，整治。

四、老子

16. 道生之，德畜之

道生之[1]，德畜[2]之；

物形[3]之，勢[4]成之。

是以萬物莫不遵道而貴德。

道之尊，德之貴，夫莫之命而常自然。

故道生之，德畜之，長之育之、亭之毒之[5]、養之覆[6]之。

生而不有， 而不恃，長而不宰，是謂玄德。

——《道德經・第五十一章》

17. 孔子問禮

孔子適周[7]，將問禮於老子。老子曰：「子所言者，其人與骨皆已朽矣，獨其言在耳。且君子得其時則駕，不得其時則蓬累而行[8]。吾聞之，良賈深藏若虛，君子盛德容貌若愚。去子之驕氣與多欲，

① 之：這裏代指萬物。
② 畜：畜養。
③ 形：使其具有一定的形體、形態。
④ 勢：形勢、情勢，這裏引申為環境。
⑤ 亭之毒之：使之成熟、結果。
⑥ 覆：覆蓋，引申為保護、關護。
⑦ 適周：到東周國都洛陽。適：往，到。
⑧ 蓬累而行：像飛蓬轉徙流離，行止不定。蓬：飛蓬，一種根葉俱細的小草，風吹根斷，隨風飄轉。累：飛轉的樣子。

態色與淫志[9]，是皆無益於子之身。吾所以告子，若是而已。」孔子去，謂弟子曰：「鳥，吾知其能飛；魚，吾知其能游；獸，吾知其能走。走者可以為罔[10]，游者可以為綸[11]，飛者可以為矰[12]。至於龍，吾不能知其乘風雲而上天。吾今日見老子，其猶龍邪！」

——《史記・老子韓非列傳第三》

18. 上善若水

上善[13]若水，水善利萬物而不爭。處眾人之所惡[14]，故幾於道。
居善地，心善淵，與善仁，言善信，政善治，事善能，動善時。
夫唯不爭，故無尤[15]。

——《道德經・第八章》

19. 老子著書

老子脩道德，其學以自隱無名為務[16]。居周久之，見周之衰，迺遂去。至關，關令尹喜曰：「子將隱矣，彊為我著書。」於是老子迺著書上下篇，言道德之意五千餘言而去，莫知其所終。

---

⑨ 淫志：過高的志向。
⑩ 罔：通"網"，捕獸的工具。
⑪ 綸：釣魚用的絲線。
⑫ 矰：一種用於射鳥的繫着絲繩的的短箭。
⑬ 上善：最善。
⑭ 惡：不喜歡，厭惡。
⑮ 尤：過失，罪過。
⑯ 自隱：隱匿聲跡，不顯露。無名：不求聞達。務：宗旨。

或曰：老萊子亦楚人也，著書十五篇，言道家之用，與孔子同時云。

蓋老子百有六十餘歲，或言二百餘歲，以其脩道而養壽[17]也。

自孔子死之後百二十九年，而史記周太史儋見秦獻公曰：「始秦與周合，合五百歲而離，離七十歲而霸王者出焉。」或曰儋即老子，或曰非也，世莫知其然否。老子，隱君子也。

——《史記・老子韓非列傳第三》

⑰ 養壽：修養身心以求長壽。

五、莊子

20. 莊子釣於濮水

莊子釣於濮水，楚王使大夫二人往先焉，曰：「願以境內累[1]矣！」

莊子持竿不顧，曰：「吾聞楚有神龜，死已三千歲矣，王巾[2]笥[3]而藏之廟堂之上。此龜者，寧其死為留骨而貴乎？寧其生而曳尾[4]於塗中乎？」二大夫曰：「寧生而曳尾塗中。」莊子曰：「往矣！吾將曳尾於塗中。」

——《莊子・外篇・秋水》

21. 莊周夢蝶

昔者莊周夢為胡蝶，栩栩然[5]胡蝶也，自喻適志[6]與！不知周也。俄然[7]覺，則蘧蘧然[8]周也。不知周之夢為胡蝶與，胡蝶之夢為周與？周與胡蝶，則必有分矣。此之謂物化。

——《莊子・齊物論》

---

① 累：煩勞、託付。
② 巾：用巾包着或蓋着。
③ 笥：一種盛放物品的竹箱子。
④ 曳：拖，拉。尾：尾巴。
⑤ 栩栩然：欣然自得的樣子。
⑥ 喻：通"愉"，愉快。適志：合乎心意，心情愉快。
⑦ 俄然：突然。
⑧ 蘧蘧然：驚疑的樣子。

22. 惠子相梁

惠子相梁，莊子往見之。或謂惠子曰：「莊子來，欲代子相。」於是惠子恐，搜於國中三日三夜。

莊子往見之，曰：「南方有鳥，其名為鵷鶵[9]，子知之乎？夫鵷鶵，發於南海而飛於北海，非梧桐不止，非練實不食，非醴泉[10]不飲。於是鴟[11]得腐鼠，鵷鶵過之，仰而視曰『嚇！』今子欲以子之梁國而嚇我邪？」

——《莊子・外篇・秋水》

23. 鼓盆而歌

莊子妻死，惠子弔之，莊子則方箕踞[12]鼓[13]盆而歌。

惠子曰：「與人居，長子[14]老身，死不哭亦足矣，又鼓盆而歌，不亦甚乎！」

莊子曰：「不然。是其始死也，我獨何能无慨然！察其始而本无生，非徒无生也而本无形，非徒无形也而本无氣。雜乎芒芴[15]之間，變而有氣，氣變而有形，形變而有生，今又變而之死，是相與為春秋

---

⑨ 鵷鶵：古代傳說中與鳳凰同類的鳥。
⑩ 醴泉：甘美的泉水。
⑪ 鴟：鴟鷹。
⑫ 箕踞：坐時兩腿前伸，形如箕，是一種居傲無視的表現。
⑬ 鼓：敲擊。
⑭ 長子：長養子孫。
⑮ 芒芴：恍恍惚惚，渾渾噩噩。

冬夏四時行也。人且偃然[16]寢於巨室，而我噭噭然隨而哭之，自以為不通乎命，故止也。」

——《莊子‧至樂篇》

24. 尊重孔子

莊子謂惠子曰：「孔子行年六十而六十化，始時所是，卒而非之，未知今之所謂是之非五十九非也。」

惠子曰：「孔子勤志服知也。」

莊子曰：「孔子謝之矣，而其未之嘗言。孔子云：『夫受才乎大本，復靈以生。』鳴而當律，言而當法，利義陳乎前，而好惡是非直服人之口而已矣。使人乃以心服，而不敢蘁立[17]，定天下之定。已乎已乎！吾且不得及彼乎！」

——《莊子‧寓言篇》

25. 莊子將死

莊子將死，弟子欲厚葬之。莊子曰：「吾以天地為棺槨，以日月為連璧[18]，星辰為珠璣[19]，萬物為齎[20]送。吾葬具豈不備[21]邪？何以加此！」

---

⑯ 偃然：安息的樣子。
⑰ 蘁立：違逆，違背。
⑱ 連璧：兩塊並連的玉璧。
⑲ 珠：珍珠。璣，小而不圓的珠子。
⑳ 齎：通“齋”，送葬品。
㉑ 備：通“備”，齊備。

弟子曰：「吾恐烏鳶[22]之食夫子也。」

莊子曰：「在上為烏鳶食，在下為螻蟻[23]食，奪彼與此，何其偏也！」

——《莊子・雜篇・列禦寇》

㉒ 烏鳶：烏鴉和老鷹。

㉓ 螻蟻：螻蛄和螞蟻。

六、墨子

26. 兼愛

若使天下兼相愛，愛人若愛其身，猶有不孝者乎？視父兄與君若其身，惡[1]施不孝？猶有不慈者乎？視子弟與臣若其身，惡施不慈？故不慈不孝亡[2]。猶有盜賊乎？視人之室若其室，誰竊？視人身若其身，誰賊？故盜賊有亡。猶有大夫之相亂家、諸侯之相攻國者乎？視人家若其家，誰亂？視人國若其國，誰攻？故大夫之相亂家、諸侯之相攻國者有亡。若使天下兼相愛，國與國不相攻，家與家不相亂，盜賊無有，君臣父子皆能孝慈，若此則天下治。

故聖人以治天下為事者，惡得不禁惡而勸愛。故天下兼相愛則治，交相惡則亂。故子墨子曰不可以不勸愛人者，此也。

——《墨子・兼愛上》

27. 量腹而食，度身而衣

子墨子游公尚過於越，公尚過說越王，越王大說，謂公尚過曰：「先生苟能使子墨子至於越而教寡人，請裂[3]故吳之地方五百里以封子墨子。」公尚過許諾，遂為公尚過束車五十乘，以迎子墨子於魯，

① 惡：疑問代詞，怎麼。
② 亡：無，沒有。
③ 裂：分割。

曰：「吾以夫子之道說越王，越王大說，謂過曰：苟能使子墨子至於越而教寡人，請裂故吳之地方五百里以封子。」子墨子謂公尚過曰：「子觀越王之志何若？意越王將聽吾言，用我道，則翟將往，量腹而食，度身而衣，自比於羣臣，奚能以封為哉？抑越王不聽吾言，不用吾道，而我往焉，則是我以義糶也。鈞之糶，亦於中國耳，何必於越哉？」

——《墨子·魯問第四十九》

28. 魯班為楚造雲梯

公輸般[④]為楚造雲梯[⑤]之械成，將以攻宋。子墨子[⑥]聞之，起於齊行十日十夜，而至於郢，見公輸般。

公輸般曰：「夫子何命焉為？」

子墨子曰：「北方有侮臣者，願藉子殺之。」

公輸般不說。

子墨子曰：「請獻十金。」

公輸般曰：「吾義固不殺人。」

---

④ 公輸般：魯國人，“公輸”是姓，“般”是名，一作“公輸盤”，民間稱他為“魯班”，能造奇巧的器械。

⑤ 雲梯：古代戰爭中用來攻城的器械，因為高而稱謂“雲梯”。

⑥ 子墨子：即墨翟。前一個“子”是學生對墨子的尊稱；後一個“子”是當時對男子的稱呼。

子墨子起，再拜曰：「請說之。吾從北方聞子為梯，將以攻宋。宋何罪之有？荊國有餘於地，而不足於民，殺所不足而爭所有餘，不可謂智。宋無罪而攻之，不可謂仁。知而不爭，不可謂忠。爭而不得，不可謂強。義不殺少而殺眾，不可謂知類。」公輸般服。

子墨子曰：「然乎不已乎？」

公輸般曰：「不可，吾既已言之王矣。」

子墨子曰：「胡不見我於王？」

公輸般曰：「諾。」

子墨子見王，曰：「今有人於此，舍其文軒[7]，鄰有敝轝[8]而欲竊之，舍其錦繡，鄰有短褐[9]而欲竊之；舍其粱肉[10]，鄰有糠糟而欲竊之。此為何若人？」

王曰：「必為有竊疾矣。」

子墨子曰：「荊之地方五千里，宋方五百里，此猶文軒之與敝轝也；荊有雲夢[11]，犀兕麋鹿滿之，江漢之魚鼈黿鼉[12]為天下富，宋所謂無雉兔狐貍者也，此猶粱肉之與糠糟也；荊有長松文梓楩枏豫章[13]，宋

---

⑦ 文軒：裝飾華美的車。
⑧ 敝轝：破舊的車。
⑨ 褐：粗布衣服。
⑩ 粱肉：精美的食物。
⑪ 雲夢：舊時楚國的大澤，橫跨長江南北，也包括今天的洞庭湖、洪湖和白鷺湖等湖沼。
⑫ 鼈：甲魚。黿：大鱉。鼉：爬行動物，鱷魚的一種，又名揚子鱷。
⑬ 文梓：梓樹，因文理明顯細密，所以叫文梓。豫章：樟樹。

無長木，此猶錦繡之與短褐也。臣以三事之攻宋也，為與此同類。」

王曰：「善哉！雖然，公輸般為我為雲梯，必取宋。」

於是見公輸般，子墨子解帶為城，以牒為械，公輸般九設攻城之機變，子墨子九距之，公輸般之攻械盡，子墨子之守圉有餘。

公輸般詘，而曰：「吾知所以距子矣，吾不言。」

子墨子亦曰：「吾知子之所以距我，吾不言。」

楚王問其故，子墨子曰：「公輸子之意，不過欲殺臣，殺臣，宋莫能守，可攻也。然臣之弟子禽滑釐等三百人，已持臣守圉之器，在宋城上而待楚寇矣。雖殺臣，不能絕也。」

楚王曰：「善哉！吾請無攻宋矣。」

——《墨子・公輸第五十》

七、韓非子

29. 定法

問者曰：「申不害、公孫鞅[①]、此二家之言，孰急於國？」

應之曰：「是不可程也。人不食，十日則死；大寒之隆，不衣亦死。謂之衣、食，孰急於人？則是不可一無也，皆養生之具也。今申不害言術，而公孫鞅為法。術者、因任而授官，循名而責實，操殺生之柄，課羣臣之能者也：此人主之所執也。法者、憲令著於官府，賞罰必於民心，賞存乎慎法，而罰加乎姦令[②]者也，此人臣之所師也[③]。君無術則弊於上，臣無法則亂於下，此不可一無，皆帝王之具也。」

——《韓非子・定法》

30. 難勢

復應之曰：其人以勢為足恃以治官，客曰：「必待賢乃治，」則不然矣。夫勢者、名一而變無數者也[④]。勢必於自然，則無為言於勢矣。吾所為言勢者，言人之所設也。今曰：堯、舜得勢而治，桀、紂

① 申不害：人名，戰國時期鄭國人。公孫鞅：即商鞅，戰國時期衛國人，在秦孝公支持下進行變法。

② 姦令：姦通“干”，觸犯禁令，這裏指觸犯禁令的人。

③ 師：師法，遵循。

④ 名一而變無數者：名稱雖只一個，而其涵義的變化是很多的。

得勢而亂，吾非以堯、桀為不然也。雖然，非人之所得設也。夫堯、舜生而在上位，雖有十桀、紂不能亂者，則勢治也。桀、紂亦生而在上位，雖有十堯、舜而亦不能治者，則勢亂也。故曰：「勢治者則不可亂，而勢亂者則不可治也。」此自然之勢也，非人之所得設也。若吾所言，謂人之所得設也而已矣，賢何事焉？何以明其然也。客曰：人有鬻矛與楯者，譽其楯之堅，物莫能陷也。俄而[⑤]又譽其矛曰：「吾矛之利，物無不陷也。」人應之曰：「以子之矛，陷子之楯，何如？」其人弗能應也。以不可陷之楯與無不陷之矛，為名不可兩立也。夫賢之為勢不可禁，而勢之為道也無不禁；以不可禁之賢與無不禁之勢，此矛楯之說也。

——《韓非子・難勢》

31. 入秦

人或[⑥]傳其書至秦。秦王見孤憤、五蠹之書，曰：「嗟乎，寡人得見此人與之游[⑦]，死不恨[⑧]矣！」李斯曰：「此韓非之所著書也。」秦因急攻韓。韓王始不用非，及急，迺遣非使秦。秦王悅之，未信

⑤ 俄而：俄，很短的時間，不久。而，語末助詞，為形容詞或副詞的語尾。
⑥ 或：有的。
⑦ 游：交際，交往。
⑧ 恨：遺憾。

用。李斯、姚賈害[9]之，毀之曰：「韓非，韓之諸公子也。今王欲并諸侯，非終為韓不為秦，此人之情也。今王不用，久留而歸之，此自遺患也，不如以過法誅之[10]。」秦王以為然，下吏治非。李斯使人遺[11]非藥，使自殺。韓非欲自陳[12]，不得見。秦王後悔之，使人赦之，非已死矣。

——《史記・老子韓非列傳第三》

⑨ 害：嫉妒。
⑩ 過法誅之：硬加罪名處死他。過，強硬添加莫須有的罪名。
⑪ 遺：送給。
⑫ 自陳：當面剖白。